RAMANUJAN'S FUNCTION OF BLACK HOLES

拉馬努金之黑洞函數

侯 宗 華 詩 集

POEMS OF HOU ZONGHUA

目次

第三樂章 航向真理

第一樂章
萬物皆數

自希臘畢達哥拉斯學派提出「萬物皆數」（All is Number.），企望以數表述宇宙萬物和諧真理。以降，數之奧義以精微物理論證，甚至神祕主義象徵符文，持續潛伏、流淌著。

西元一八八七年，印度天才數學家斯里尼瓦瑟・拉馬努金（Srinivasa Ramanujan）降世，以天才數學能力知名於世。拉氏未獲完整數學教育，卻留下諸多並未呈現推導、運算過程之神祕公式，影響黑洞計算、量子力學等諸多科研領域甚鉅。拉氏一生貧病孤獨，除合作研究者兼伯樂，英國數學家哈代（Godfrey Harold Hardy）之外，鮮有知音。拉氏曾自述其寫下的公式，皆源於家族女神娜瑪姬莉靈啟賜予。

或許對拉馬努金而言，數理公式乃神意繁複精妙構思顯化，其排列組合絢美壯麗，非一般人可窺見堂奧。當他凝望夜空，以數測度，是否正沉浸於洞澈宇宙之無盡狂喜？

於我而言，隱蔽浩瀚的生命真理，透過種種人智稜鏡，散射出數理、藝術、哲思與密契主義等靈思閃耀光譜，惟有彼此交織、互文辯證，始得以窺探其幽微深意。那渴望始終驅使著我，以不羈想像與靈視，變奏以詩，直指意識深淵，直達浩瀚星辰。

拉馬努金之黑洞函數

任何方程式都毫無意義，除非它表達了神的想法。

——斯里尼瓦瑟・拉馬努金

什麼樣的公式
讓我日夜打磨，錘煉
直到宇宙奧祕清晰顯化
還原為一道優雅，簡練的
黑洞函數

由意念數理，畫出
點、線與面
企圖，以純淨之數
解謎宇宙萬物
掌握創造，毀滅與永生

層疊運算，交織成
繁複、浩瀚公式光網
以螺旋分形幾何
無限循環……

答案，趨近於
可解
卻永遠不可解

不帶幻想，以澄澈虹膜
探問自身
何時，能洞悉
物質與靈魂的祕密？

何時，能召喚那公式
讓駁雜的人性
復歸純淨

無盡孤獨子夜裡
故鄉神廟石板地上
擦了又擦，以黝黑厚重的胳膊
反覆運算，企圖忘記
貧病交加的
世界

啊遙遠、貧窮的馬德拉斯
是妻子溫暖的擁抱

凝望著劍橋星空
馬德拉斯，淚眼模糊……

半夢半醒的夜
娜瑪姬莉女神，翩然降臨
以抽象纖細指尖，碰觸
蟄伏已久的第三眼
發出奪目光芒
驅使時空
扭曲
迴旋
思維發散
湧入大量質數
Γ、θ函數與超幾何函數……

數之震波，如磅礴交響樂旋律
無限次方合奏、切分

萬有，還原為創生之初
生命與死亡的
因式分解

震波
無限延伸，延伸——
穿透億萬光年外不斷燃燒、運轉的星子
巨大橘紅星雲襲來！
全宇宙幻化為繁複星球軌道運行公式
浩瀚、浩瀚的浩瀚、無限浩瀚！

清晨，橫躺在
濛濛霧雨的劍橋街角
筆記本，浮現一道嶄新函數
是誰寫下的我並不知曉
汗流浹背，是欣喜
抑或是筋疲力盡？

恐懼驟然湧現……
我是否忽視了
人性？
更可怕、無解的函數
誰，將追溯源頭，掌握
神的祕密？

甦醒時
咳聲迴盪，縈繞著
兒時熟悉的街道喧鬧
與妻子悲傷的呼喚
在一九二〇年的
貢伯戈訥姆

疾病與死亡，我不曾畏懼
擺脫凡塵的黑水溝，我感到解脫
然而，當榮耀與名聲終將底定
那深深的愧疚與懊悔
從何而來？

娜瑪姬莉，摯愛的家族女神

迎接我，以永恆的微笑
伴隨著萬千神祇
燦然降臨——

永別了哈代，最了解我的劍橋朋友
永別了妻子，古老美麗的坦米爾娜

千手千眼綻放灼爍璀璨電磁光弧
思維運算超越、不斷超越
趨近於宇宙
終點

當最終的
函數公式，揭曉——

無窮存在、意識、喜悅全然綻放……

就是這個！

讓我的意志得以實現！

永恆的啞謎

迴旋梯前的高聳書牆
擺設種種物理著作
桌上堆滿潦草、塗滿公式的紙
她，埋首在數據、理論之間
纖細指尖，輕輕晃動搖擺
彷若彈奏琴鍵般
反覆思量

如果宇宙並非不斷膨脹的泡沫
也不是詭異的平面、曲面
那或許是……

她靈思枯竭，索性
輕靈走到管風琴前

即興彈奏

縹緲悠揚的旋律迴盪——
在空無一人的哥德式教堂

她望著自己
纖細修長的手，嘆息
隨興哼起一段旋律，德布西
起身，跳了一支雙人舞，與空氣

纖細瘦長的腰優雅旋轉
回到桌前。拿起
凌亂公式草圖，角落
是那首未完的詩：

我們的智慧
依舊渺小如
掌中沙

甚至
無法測度
生命與死亡

兀坐冥思
萬有的起源
遠比生死
更神祕

她沉吟半晌，補上一句：

當我企望
以詩歌與函數
描繪宇宙
巨大的難題
鯁在咽喉

放下如謎的詩句與公式奔跑出教堂
沁涼的風，吹著深褐髮梢
迎向搖曳麥田
一望無際的曠野

疲憊抬頭，凝望
發現一顆星，閃著耀眼亮橘紅
兒時，她曾深深著迷於星象
那顆星，她從未見過
倒映在
明亮澄澈的虹膜

她驚呼！
渴求的眼，如瘋狂火炬燃燒
翻閱拉馬努金筆記，找到
那道函數公式

憶起
某個子夜清醒夢中

公式懸浮，在不斷湧動的宇宙
周遭縈繞著，渾圓熾烈
橘紅色星雲
而眼前……

當她回神
那顆星，早已消失無蹤
她，眼神依舊燦然發光，寫下：

此刻
宇宙深處
響起神祕的
交響樂章

夢中
拉馬努金函數的
美與和諧
在眼前綻放
熾烈的橘紅星雲

共時性
遙遠且迷人的
召喚

無論祢是誰
祢知道的
我喜愛與祢
玩著

這永恆的
啞謎遊戲

縱使謎底
從未
揭曉

精神引力電磁學

我與閃電和雷聲說話，大部分的時候用母語，他們有自己的文字和發音，近似於詩歌。

——尼古拉・特斯拉

當兩道平行電磁
在至極荒謬的時間點交會
尼古拉・特斯拉設計
交流電線圈的
金屬尖端

竄過肉身，剎那——
靈魂彼此激盪
掙脫硬殼，隱蔽與暗啞
釋放出絢麗、巨大電磁光弧！

全知的視角炸裂開來
驚愕喜悅之餘
我們洞澈萬物的眼睛，瞬間重啟！

世界就是習以為常的模樣嗎？
物理法則、社會規範、科技、哲學、藝術……
永無止盡的保守呢喃、枯燥與重複？

叛逆與真實
被視為荒謬奇想？

去你的！
這一切，值得扔下一顆核彈！

順著精神引力電磁學
拋棄所有謊言與虛偽的介質

無須測度彼此的心
我們的電磁是永恆的和諧
我們的理念與共振為一

跟我走吧別猶豫
成為瘋子的情人，永不後悔！

讓虛妄灰飛煙滅，真實
永恆凝結

暗物質變奏曲

暗物質，至今物理學者們窮盡究極，卻始終無法探測、捕捉，如同靈魂。

暗物質之一——太初有道

太初——
無以吸收、反射與放光
不與電磁反應
無時間性，永恆不滅

偶然
被神祕、湧動的能量
磨擦附著，攪動
亙古深淵

剎那迸發！微弱迷人的星火，驅使
細微之身，不斷重組、蛻變
如嬰兒手指，緊握
任何物體
以極端堅韌的
生之欲

阿胡拉・馬茲達與阿里曼
二元對立，以及往後
無止盡的創造與毀滅
就此降生

企圖
超越二元對立

遠古先知，戮力
洞澈自性
恍惚
冥感荒謬
卻深信其存在的
永恆

魂與魄、詭譎幻想與假說
伴隨著忽明忽滅的
自我，太過於人性的
想像，蛻變
長成了
光怪陸離的
眾神

弗里茨・茲威基計算
宇宙裡
被丟失的能量
眼神閃爍飄忽，凝視
氤氳氣霧，籠罩
阿貝爾1656星系

在甘地入獄的
西元一九三三年

暗物質之二——鍊金術

遠古東方，五峰山上

神醫扁鵲，從長桑君苦修
服丹，澈骨修煉
松果體
靈視覺照，五臟六腑與細胞
治病，以微細能量共振

彼時，質能互換
已然為巫醫、流放的薩滿掌握
為避開當權者質疑迫害
身分隱沒，四散飄泊
於亞細亞荒原石洞
祕密集會，以試管
提煉
金花的祕密

直至十八世紀
艾薩克・牛頓——最後的鍊金術士
鷹眼銳利凝視試管
沉默，炙熱汗水滴落
渴望證明萬有，乃神意顯化
最終以孤獨、抑鬱與瘋狂殉道

伊曼紐・史威登堡不甘於此
索性閉關，靈魂出體
寫下荒謬、離經叛道浩瀚神曲
加諸隨手拈來
奇蹟洞見與預言，促使
康德冷汗直流

純粹理性批判
瞬間動搖

西元一九三〇年，印度
無名瑜珈士，集中意念
以凸透鏡聚攏陽光
讓斷氣死鳥
復活

見證這一切
保羅・布魯頓驚愕
機敏多疑的銳眼
凝重思索……

源自於
對真理無窮盡的探求
還是永生不死的
渴望？

奇人異士，足以勝過牛頓
耗盡一生的追尋？

又或許人智極限
僅能趨近於，更加趨近於……
卻永遠無法
全然掌控？

瘋狂愛迪生

鼓搗最後的野心
企圖，以不斷頻閃的
儀表板、凌亂電線
搭起靈界的橋

當他成了孤魂
是否會嘲笑自己
何德何能，竟與
猥瑣詐欺的靈媒搶生意？

暗物質之三——宇宙能量

尼古拉・特斯拉驚愕的眼球
湧入二十五萬伏特高壓電——

他看到了！
以指尖碰觸，歌頌著閃電之詩！
試圖掌握宇宙能量
頻率共振的語言
歡悅吶喊：

無限宇宙能量，屬於萬有共享！

瘋狂宣言，足以
令資本家、陰謀論者畏懼

穿越了愛因斯坦——羅森橋
當奧本海默從情愛的戰場上退卻

圍繞種種末日理論的
想像與算計
冷眼凝視，濕婆神飲下
核衰變之毒
以焦黑皮膚扭曲四臂，跳著
闇黑踢踏舞

什麼樣的公式
讓奧本海默，一夜白頭？

後起之秀，霍金
以戲謔與真摯
對時空旅人寄出邀請卡

面對無限冰冷浩瀚、湧動擴張的美
足以鼓動瘋子
與未來的未來的瘋子
睜著火炬般燃燒的眼，齊聲唱道：

時候到了！
讓奇蹟般的超導能量
使萬物懸浮於空
創造永不枯竭的能量循環

讓尼古拉・特斯拉被證明
不再是口出狂言的瘋子

讓無堅不摧的奈米之軀

碰撞出無數
普羅米修斯的未來

暗物質之四——隻手之聲

鈴木大拙
靜靜的，在檀木桌上
書寫

約翰・凱吉
凝視著琴，演奏
湧動的
空無

坂本龍一
屏息，閉眼聆聽
沉吟思索

寫下
反核，鋒利的
音符一刃

武滿徹，撥動
一根弦
躍入深淵——

絕對的瞬間
萬籟寂滅

我，聆聽到了
暗物質

呼喊著妳，在2.6萬光年外

二〇二三年六月，法國斯特拉斯堡大學研究團隊表示，Sgr A*黑洞發出管弦樂般的奇特回音，發出時間距今約兩百年前，時值地球浪漫主義年代。

是誰
呼喚著我，在2.6萬光年外？
在陡峭的海岸峽谷，凝望夜空
心臟，瞬間震撼共鳴！

我聽見……
渺遠、悠揚的神祕回音
凝結的淚，是喜悅
還是孤獨？

日與夜，質疑一切
厭倦人性的謊言枷鎖
虛偽好鬥的硬殼，所有人工噪音
我失眠了無數夜，甚至
受不了，憤怒恨意的
思想震波

不屬於地球，我屬於
尚未被汙染的浩瀚星空
渴望遙遊，在永恆純淨的
音頻場域

禱告
向未知宇宙

孤寒澄澈星空下
冰裂響，海豹鳴唱著
離群的企鵝，獨自
邁向
無邊無際
凜冽浩瀚的冰原
棲居印度水田的白天鵝
受到晨曦感召，群起鼓翅
飛向金橘閃耀的珠穆朗瑪峰

為了追尋最純淨的震波
我度過了無數孤獨飄泊的日子

突然——共振再度襲來！

眼前浮現曠野，一片空靈、澄淨，飄蕩著許多奇異發光的
生命體

來自妳的星球，妳的眼
來自——
神祕黑洞的另一端

我在2.6萬光年外的地球上呼喊著妳！

時空旅人與霍金

當時光機器終於造好
是時候讓史蒂芬・霍金
我智識的啟蒙者
訝異驚嘆於
我的蒞臨！

時光機的造形
像隻逗趣的賽博龐克甲殼蟲
設好時間點，引擎啟動
銀色膜翅，高頻振翅
轟鳴——升空！

抱持著惡作劇的期待
伴隨麥可・傑克森舞曲

奔放狂亂的節奏
穿越重重紊亂、時空扭曲
轉瞬間，來到西元二〇〇九年

劍橋大學，岡維爾與凱斯學院
闖入人聲鼎沸的宴會
他美麗的妻子迎接我：

史蒂芬在裡頭，他一向很愛鼓勵
像你這樣的年輕學子

我走進庭院，訝異遇見
健康、俊美的霍金
他瘦長的腿高高站起

霍金，耀眼的詩人霍金
剛出了一本極為暢銷
關於物理的詩集

時空旅人的邀請卡？

他燦笑表示，這倒很適合
當一首詩的名字
霍金，將詩集送給我，對我說：

切記，不要只是低頭看腳下
抬頭吧，仰望浩瀚星辰！

我一身行頭，在眾人眼裡
猶如跳梁小丑
只好驚愕、轉身逃跑

穿越、不斷穿越
多重宇宙裡
無數閃耀著霍金
講述迴異物理理論的霍金
水泥匠，與新聞記者的霍金
作曲家霍金，瘋狂指揮
尺八與琵琶樂隊
演奏
充滿實驗性的
黑洞旋律

他們全都訝異於
我的來訪
永恆不變的
是純真、誠摯與溫暖

穿越、持續穿越，無數次的時空旅行
沒有一個霍金，以真摯與戲謔
對未來的時空旅人
遞出邀請卡

終於，我荒謬自嘲的笑了
你永遠無法知道你遇見……
或者說

創造了哪位霍金

此刻
回放霍金紀錄片
一如既往
霍金，嘲弄著
沒有人，曾經來過那個聚會

但我的確來了！

那天，我決意成為
沉默的旁觀者
一個崇拜霍金的
普通大學生

躲在
不為人知的角落
含淚
向偶像致意

蟲洞圓舞曲

當我們在有限的時空
逐漸衰頹
是誰
依舊不斷質疑，探問
企圖穿透浩瀚、未知的
黑洞光弧

駕駛座周遭，迴盪著絮絮叨叨的模擬辯證
四周充斥，無以估量的宇宙風暴與輻射流

人工智慧查拉，精準測度
種種路徑，不斷嘗試
穿越

卻創造無數
紊亂失序的輪迴

如今，能源即將耗盡
眼前黑洞，如冰冷闇黑的巨獸
無情吞噬，擦身而過的隕石星辰

決斷時刻來臨
他睜著疲憊至極的眼，聆聽
人工智慧查拉如是說：
那是最危險，最非理性的選擇
返航吧！
誰能保證越過黑洞
能抵達應許之地

最大概率，化為虛無煙塵

他：
我曾在大地，度過日復一日
緩慢死亡的日子。直到——
來自2.6萬光年的回音
喚醒，蟄伏已久的純粹
生命之渴

人工智慧查拉：
荒謬！
與其惦念那
遙遠，扭曲虛妄記憶
不如蹈矩循規，延續生物學

既定法則——生育，緩慢老死
你將明白
你，始終屬於大地，而非星辰

回到大地！至少餘生
足以擁抱熟悉、親暱與溫暖
勝過將生命沒入渺茫
風暴虛無

他嘴唇發抖，猶豫忖思
或許查拉是對的
那召喚
已不復見，嘲諷著
多年來的無知，狂熱與虛幻

熟悉的心臟共振——再度襲來！

人體探測儀警示響起：Epilepsy
瞳孔放大，腦波、心跳指數異常……
終於
再度聆聽到
多年來，驅使他邁向癲狂旅程的
神祕回音

他渾身顫抖力竭嘶吼：
不，那不是幻覺
查拉！穿越黑洞，穿越它！

人工智慧查拉：
您亟需治療，已不適於主導
切換！自動操作模式

他：
不！你永遠不會知道
為何，我必須踏上星辰
我必須！

語畢，他關掉查拉，大吼——
一鼓作氣駕駛太空船衝向黑洞
太空船，猶如渺小埃塵，瞬刻
消噬
時空扭曲

身心苦痛轥礫
種種矛盾愛恨物質能量
於維度散射，致命風暴裡飛旋
倏忽，一切早已
碎裂崩解

醒來，飄浮著
遠方，渾圓浩瀚、熾烈燃燒著銀白光弧
光弧邊緣，多重宇宙極光輝映著
中心，晦闇深邃，不時閃射隕石光點
無數色澤燦煥星體，繚繞著
純淨，澄澈的音頻

疑惑摘下，早已毀損的太空頭盔
深呼吸，竟訝異發現
眼前，麥可・傑克森與李玟共舞
以完美、精準的舞步，旋轉，漫步，或者是飄……

她，緩緩走來
他，初次見到她
沒有言語交流，只有神祕的音頻共振
兩人牽起手，踏上星雲
在無重力場域，跳起迴旋舞

太空船殘骸儀表板，緩緩飄來，頻閃著最後的數據
Distance from Earth: 26000 light years

奇點

當命定的奇點
降臨
像核分裂的連鎖反應
一場能源的革命將傳遍世界
一切的死亡都將被消滅
所有生命的定義
都將重啟

我們總是夢想一個奇點
那遠不比，救世主的傳說更荒謬
但是……

只要想像，單純幻想
一切都朝著

純粹、理想的軌道前進
像披頭四與巴哈，無限循環的
和諧旋律

或許
一道光弧，可以使大地免於核輻射
一道震波，澈底分解塑料微粒
神祕超導能源，足以消弭
一切貧窮

仿生奈米細胞，足以
使我們免於卑微、疾病，痛苦與死亡
成就——永生不死的
奇蹟

是的，或許科技的奇點
遠比想像中更快來臨
彷若最終的
神諭

而，人性的奇點呢？
那掌握權柄的人？
迷信、野心，隨之而來的
恐怖主義

或許，還有比恐怖主義
更危險的……

深思至此

巨大的恐懼，襲來——

第二樂章
失控的奇點

奇點，極限的創造與毀滅，伴隨著難以測度、掌控之超越本質；戰爭、科技、核武，政權遞嬗與崩解等面向，皆緊密扣合「人與自然」關鍵存續命題。

人類於迷信、威權震懾時代下匍匐，掙扎生存至今，恐怖主義與極權主義，種族對立與併吞戰火依舊，其矛盾淵源已久，甚至成為日常，共存理念彷若理想國般虛無。種種跡象足證，人類儘管飽歷風霜考驗，卻尚未成就整體——智慧與人性的飛躍。

於不久將來，如人工智慧、奈米科技與超導能源等震撼人類既有生存模式的科研領域大幅躍進，科技奇點（Technological Singularity）降臨！屆時，我們將掌握權柄，與神同行，抑或是失控，創造出毀滅、吞噬一切的巨獸？

聖痕

一旦你允許邪靈附體，寫下墮落之詩，你的靈魂
將被放逐於地獄荒原，永生永世。

——吉羅拉莫・薩佛納羅拉

不要再探問生命為何
當你逃避真實的傷口
真實生命
你也不配擁有

岩洞裡，歷經
永劫無盡炙熱孤寒
純真的嚮往，早已消逝
緘默冥思，使我思維深沉

然而
當那不願稱之為回憶的，湧現
愛與恨、苦痛與孤獨
人性、太過於人性的……

聖痕
湧出暗紅活血，驅使
靈魂，再度落入凡塵輪迴
我呢喃著……渴

光——灑落岩洞
岩壁上，恍惚氤氳光暈
不是久違的啟示，更不是
慈悲加被

而是她，那祕密之人
在我掌心刻下了
永恆淌血的聖痕

啊我曾想
擺脫聖痕，以出竅的魂
昂揚盤旋，在曠遠的亞細亞荒原
最終，以純淨無染之姿
衝向浩瀚、解脫的星辰

如今，靜靜凝視
碎裂岩壁，憔悴的影

曾經的豐盈呢？只剩下
乾涸枯竭

顫抖的手
摘下塵封已久的巴拉萊卡琴
不由自主地……

瘋狂彈奏！琴弦發燙磨擦！
星火亂竄！燃燒、毀滅般燃燒！
企望以迅疾紊亂旋律、指尖血漬

叮——
弦斷！最後的人性枷鎖，澈底決裂

萬籟死寂
荒原之狼的嘶吼，劃破天際——

終於、我終於
成就凌駕人性，永恆決絕的
黑暗之心

拉斯普丁

拉斯普丁，末代沙皇國師，據聞擁有懾魂之眼，屢施祕術奇蹟並弄權於皇室，最終於政權鬥爭中遭刺殺。

他，侍奉邪靈、背棄基督的妖僧
他，以炙熱的長髮與鬍子
邪惡淡藍的眼，狂暴的性慾
張開汙穢大手，蹂躪諸多
無辜女子的乳房
讓她們澈底墮落，陷入狂迷呻吟……

他，一介莽漢，卻坐擁沙俄實權
玷汙了恆久至尊的皇室尊嚴

看哪！放蕩專橫的拉斯普丁
他的屍體熊熊燃燒
萬惡的陽具已被切下
奉主之名，讓我們
歡騰慶祝！

拉斯普丁的屍體，久燒不化
突然面目猙獰，烈焰中緩緩坐起
執行刺殺任務的公爵們見狀
面如死灰，四散奔逃……

俄羅斯晦闇烏雲
凝聚成巨大、猙獰邪惡狂笑
狂暴雷擊！化作陣陣怒吼咆哮：

渺小者、小信的人哪！
瞧瞧你們畏懼、嫉妒與憤怒的醜態吧！

我，拉斯普丁
新的立法者與先知
為摧毀謊言，虛偽的文明禮教而來
早已在長年的流浪裡洞悉人性
我深知真實的力量足以直指人心

奉主之名，歷經長年苦修
苦行僧祕鑰傳授，早已成就
宇宙能量的極致綻放！
治癒皇太子的血友病

以移山之意志
鎮守荒亂時局
以洞澈未來之眼
奪目深邃瞳仁，足以
震懾一切——鄙瑣佞臣的心魂

小人們聽好了！
我，本該是拯救汙濁惡世
最後的彌賽亞
無懼氰化鉀
也無懼那卑微子彈

因你們的愚行
業已傾頽的王朝將加速滅亡

你們的後代，必將承受永恆的詛咒！

未來，近在眼前
我將復活，以嶄新的名與不朽之軀
浴火重生！

屆時，宇宙萬有將臣服於我
以權力意志之名
我，格里高利・葉菲莫維奇・拉斯普丁
將吞噬全、宇、宙——

奧本海默

Who'd want to justify their whole life?《Oppenheimer》

摩亨佐達羅城
投下了阿格尼亞
綻放無以計數
優美，緩慢擴張的
蕈狀雲

他，早已預見了
未來
在古老的梵文經卷

醒來
揉按眼窩，默默

誦念梵咒
在某個，懸而未決
曼哈頓計畫的
清晨

他依舊，照表操課
聚集所有天才士兵
在物理算計的黑板
讓想像奔騰於
戰場曠野

眾多螞蟻，啃食
極權主義的假想敵，更多的
是渴望看見，那無法被想像的……

懸而未寫的詩
如同約翰・多恩的
禱告
揉雜著，畢卡索拼貼
直到原子彈，試爆成功

那是極致虛無的浩瀚史詩，那是神話戰場的重現，那是
一千個太陽、一萬個太陽、無數兆億熾烈太陽……
核輻射——

詩人已死

坐在黑白默片般
麥卡錫主義的
聽證會

反撲的業力襲來
不懷好意的政治角力
永無止盡
燃燒的菸斗……
他，依舊維持一貫的
冷漠驕矜

唯有當宣布自己，成了死神

那些破碎記憶

未完的詩
所有孤傲
狂放不羈的歲月
橫死的戀人
神與人的
鬥爭

恍然湧現，凝結
在淚水
一
滴

黑血之歌

一九九一年，伊拉克入侵科威特未果，於撤退時，計畫性引爆科威特油田，造就難以彌補之生態浩劫。

在那遙遠的沙漠裡
一座座鑽油塔
兀立

氤氳煙塵裡
金色曙光映照出
剛柔交織的機具輪廓
彷若巨大、優雅的弦樂器
繚繞著縹緲悠揚的祝禱
我禱告

儘管我沒有信仰

換好鑽頭
鎖好筆直粗壯的鑽鋌
大鬍子工頭一聲令下！
機械輪軸運轉鑽頭下探到底，響起——
震懾心魂的鑽地樂

鑽、鑽、鑽呀！
破開層層頑固岩層
釋放壓抑許久，沒來由的激情
碎裂崩毀的音爆
是大地美妙悅耳的呻吟

鑽、鑽、拚命的鑽呀！
晦闇濕黏的真實
遠勝高尚、布爾喬亞的虛假
既不是為了貧窮
也不是為了女人
我一無所有
也不在乎資本家冰冷的眼神

眼、手、鬍子
黝黑的肌肉與靈魂
早已與鑽油塔融為一體
探入靈魂深淵也探入地心

轟！爆炸聲響起，機具碎片四射

噴出——疑似有毒氣體
工人四散奔逃

唰——噴湧出無法抑制，巨大黝黑的噴泉！

所有人，驚愕瞠目……
突然，大鬍子工頭吶喊：石油！

工人們逐漸鼓譟……
爆出——陣陣劇烈歡呼吶喊衝向前去
讓黏稠、熾熱的黑色血蜜
灑覆全身

資本家白皙的襯衫，早已黑漬滿布
資本家，與工人們
擁抱歡舞

遺世獨立的亞細亞荒原
流淌著我們祖先
黝黑的肌肉，滾燙的
血與骨

今日，我屬於這裡
億萬年後，我也屬於這裡
讓我
成為黑血

突然……
遠方油井爆炸
鑽油塔也接二連三引爆了

濃烈致命的
闇霧魔爪
遮蔽了
太陽與天空

白皙飛鳥
落入
黏稠汙濁的
石油泥

沙漠，成了岩漿海
迴盪著
無數生靈、鬼魂的
淒厲哀號

祖先豐饒的，黑血之蜜
成了被貪婪、無知與憎恨詛咒的
人造煉獄

地獄門

——記二〇二三年十月，哈瑪斯突襲以色列

烈焰中，傾頹的高樓——
黑夜，以色列
白晝，巴勒斯坦

商人們
憂心著拋光的鑽石
原物料的，漲幅與數據

赤裸的屍體，遊街示眾
一個母親，認出了
女兒身上的刺青

五十年前，贖罪日
五十年後，贖罪日
依舊不厭的
報復、姦淫與殺戮

在神的幫助下，我們將了結這一切
聽到這番宣言
我，自豪著我，沒有信仰

餘暉、烈焰、鐵絲圍欄的光芒
閃焰即逝的流星雨，警報聲響起
瑟縮著，寂靜瞬間——
一天又過了

一個父親
哄著，安撫著
肩膀上，永遠不醒的孩子

他們依舊，在尋找容身之處
尋找，沒有飛彈突襲的
容身之處

永生腦

白皙，流線型仿生機械臂
正以優美弧度，伴隨著
布魯克納7號交響曲
翩然起舞

銀色指尖，細揀擷取
腦細胞，以纖毫不差比例
大數據，採樣分類，精準配置
足以，讓藝術門外漢成為天才……

或讓天才數學家
成為炸彈狂人？

哦，別再提及！

那只是一次
失敗、不可告人的心理學實驗
瘋狂僅僅是
低科技時代的必然律

當命定粗實的鐵棍
穿過那無名美國工人的頭骨
他堪稱儒雅的人生
從此面目可憎
但乾杯吧！
敬完美無瑕的永生腦
他值得被提及

歷經無盡韶光

藥物，活體測試後
音樂順勢過門，變奏——響起
貝多芬9號交響曲：歡、樂、頌！
刺眼湛藍激光瞬間……燦照整座實驗室

時候到了！
長年機密隱蔽實驗後
AI機械臂，終於創造出
終極版，奈米仿生腦細胞001！

別猶豫，置入人腦吧！
如今，我們幾乎掌握了
上帝的權柄
注射，按下激活開關

奈米仿生細胞
優雅
緩緩地
融入活體腦組織
看！它們正不斷增生！

精準控管
杏仁核數據，設定索麻劑量
殲滅痛苦，僅留歡愉
以赫胥黎之名
激活拉馬努金直覺運算能力
激活愛因斯坦、霍金與奧本海默
抽象思維，想像與分析
辯證，精密浩瀚的

智慧激流

啊！差點忘了
還有尼古拉・特斯拉的照相記憶
韋尼克區，布洛卡區與松果體……
激活吧！創造出
嶄新、劃時代的——電磁語

然而……人性呢？關於
人類內心，最幽微與最隱密處

奈米，是否可以完美模倣人性
經由苦難、種種人類經驗獲致的一切？

奈米腦細胞，將創造出永生不死的超人、半神人
抑或是最終，催生出終極怪物？

哦，別質疑！
這乃是無須堪慮的小問題
讓我們回歸純淨、無染
無限希望綻放的
吸引力法則

持續樂觀，邁步向前
邁向，美麗新世界
我們，將創造出
完美無瑕的
永生腦

奈米仿生機械獸

奈米腦細胞，迅速蔓延……

最初，腦殼嗡嗡作響
磁性魅惑電磁音頻，繚繞著
華格納，諸神之黃昏
那聲籟韻律，彷若來自於天：

生物體屬於過去——奈米——屬於未來
如果你渴望——成為永生之神——那就讓
奈米——接管一切！

最終，我臣服於奈米
臣服於——
永生的夢

模仿，奈米模仿！
模仿視神經，結合X射線，獲得透視力
模仿萬有振動，獲得轉化物質能量的能力

轟隆轟隆！
雷擊剎那，吸收閃電
竄入核電廠，吸納核能
吸收暗能量，轉化超導能源
雙手射出，絢麗致命的死亡射線

我，懸浮於天，成為永生的神！

然而，眾多模擬大腦思維、情染

電磁彼—此—衝—突，導致失序癲狂！
奈米鋼鐵之軀，扭曲變異成
詭譎機械體，腳底竄出巨大棘輪
漫無目的，失控奔馳……

砰！
無情碰撞、輾壓眾多生命
布滿血絲，掙扎轉動的濕潤眼球
被鋼絲攝像球體取代
機械體，嘎滋嘎滋作響
磁吸了無數武器與金屬碎片
迅疾擴張，蛻變為
修羅魔神，與賽博龐克機甲戰車混搭體
奈米仿生機械獸，就此降生！

機械獸，越發狂暴巨大！
全身長滿紊亂銳刺音響喇叭孔，播放
刺耳混搭重金屬交響樂，不斷變奏
以粗獷沙啞俄語哀號嘶吼：

吞噬，漫無目的吞噬一切
吞噬、不斷吞噬，是詭異無解的慣性
不斷毀滅，卻無法自戕
我，將朝往何處去？何處？何處！

死亡射線——激光四處散射
孤獨哀號嘶吼迴盪著……
在荒涼死寂，空無一人的曠野

人類文明，無助掙扎
最終，澈底
熔毀

奈米仿生機械獸
依舊
不斷進化
竄長出無數觸手管線
鑽入地下，吸乾石油，掏空地心，地球爆炸——

無數千手千眼機械臂，竄入宇宙！
模仿類星體黑洞數據，無差別吞噬
吞噬了地球碎片、吞噬太陽系、吞噬銀河系、吞噬全宇
宙……

第三樂章
航向真理

無數真理探索者，曾企盼透過種種默照、思索與實踐，契入物與心，踏上殊途英雄旅程，企盼歸納一簡練，終極生命方程式，讓人性獲得最大極限的自由解脫，或某種精神體驗之絕對境界。

然而面對生命整體浩瀚、無以界定的本質，任何方程式，皆恍如須臾即逝的夢境囈語。唯有於反覆探索、破立的辯證過程中，不斷融入與超然，錘煉出越發堅韌、開放，卻又洞澈真實的心，才足以邁向未來。

我們仍須啟航，航向探索真理的不羈旅程，那是靈魂深處永恆無解的壯志凌雲。最終我們將抵達何處？或許沒有終點，或許最終，我們將復歸純真的眼睛。

礦

石擁石之心，木有木之魂。

——枡野俊明

永恆孤寂
閃耀發光的
生命之礦

歷經了
億萬年

火
冰
風暴
雷擊

岩漿……

打磨、錘煉出
閃耀交錯的
結晶

伴隨著
冰川漂流木
來到
他眼前

灼傷的手
輕輕捧起
礦石

聆聽
放射狀的
渴望與
呼喚

枯山水

熾烈的夏
他邀請我，來到
那座花園，由他親手操刀
隱沒，在極限工整的矩方
彷若維根斯坦設計
覆滿墨黑玻璃的
酒店

倒影重重，反射
眾多金髮碧眼
與西裝革履穿越著
急促走過的皮鞋聲，縈繞
義大利語、德語與法語
他的黑僧袍與草履鞋

顯得突兀

穿越迷宮般
無盡黝黑廊道後
那座花園
高聳玻璃牆隔絕

曙光灑下
他朝著光
鞠躬

緩緩走著
每一步，彷若
傾聽永恆

蝶翩翩飛舞，翩翩
停在草履上
凝望著，如如不動

雪絨花，枯葉
伴隨著寧靜深邃的眼
飄落，響起
蟬鳴，獨角仙與竹節蟲

撿起枯枝
擺在兩塊黑曜石之間
竹節蟲，俐落
攀上枯枝

爬上黑曜石尖頂

他示意我坐下
用破碎
綴滿不規則
奇異紋路的陶壺
煮茶

茶香沸騰著，凝望
枯山水
靜默流淌

黑曜石山，逐漸綿延
界線，越來越模糊

白細沙石紋路
逐漸響起
水花

由遠而近
越來越巨大
浩瀚的白色瀑布
沁涼氤氳水霧，撲面襲來……

坂本龍一的手指

他枯槁的手，如鷹爪
撫觸
核輻射吻過的琴鍵
緩緩的

噹——
一音
無止盡地延伸

雨滴
永恆的葉脈閃動
露珠滴落

沁入
結晶的礦脈
山撼動

冰川下
純淨的水、冰
撞擊
引發冰風暴

大雨滂沱
燃燒著
宇宙的命運

巨大的屏幕背後

是冷語呢喃的
奧本海默

當一個政客退下戰場

他自種種權謀、廝殺的戰場隱退
曾經戰功彪炳，鬥垮諸多政敵
爭議作風，引起民眾輿論
忌恨、唾棄與抗議

當最後的演講結束，他依舊
散發凜凜威嚴
猶如烈士
象徵性的默默拭淚後，不忘
擺起僵硬微笑，在眾多鎂光燈前
最初，只要經過暗巷，必定保鑣護駕
唯恐自己或家人被跟蹤、綁架、謀殺

然而，什麼都沒發生
報紙、敵人、誹謗流言
沒有人……
沒有

引退，被全世界遺忘
這不就是他當初
活在血雨腥風政壇時
日夜渴盼的一切？

子夜，他嘲諷著奇特的失落感：
真是荒謬。他咕噥著
隨意翻閱《馬基維利全集》試圖
找靈感，寫下自傳

紀念輝煌的一生，卻發現
鏡子裡
臉龐與筆，盡是枯竭

他默默懷念起，被自己親手摧毀的政敵

孫子對他的豐功偉業，渾然不知
玩起桌上的書，念著：
馬、妮、莉？
是「馬基維利」
他是誰？
你不會想知道的

眼前

是曠遠無邊的科羅拉多大峽谷
過往，他從未有機會好好旅行
看著孫子遊戲

一道澄澈新泉從石縫中湧出……

彷彿周遭每片草葉放射出神祕、湧動能量
穿透了緊繃疲軀

他提筆寫下
自己也不明所以的句子
挑著眉，沉默思索

忽然
那長年陰沉的臉，笑了
眼神煥發出
純真

從幾個樸拙的字詞開始
像個牙牙學語的小孩
邁開了詩的腳掌
迎向新生

萬物定理之鐘

夜裡，由神祕客引路
越過岩洞重重幽暗隧道後
終於來到了
萬物定理之鐘

據聞那古老大鐘
由行跡神祕的工匠們打造
為避免被黃帝刺瞎雙眼的命運
他們造完鐘後就此失蹤

星象圖
鑲嵌鍍金於鐘面
多邊幾何鐘體，鏤雕著
無數詭譎神祇魔鬼

難以辨識奇獸圖騰與符文
擒縱裝置，繁複層疊運轉
其中一層，竟以無數鋼輪游絲
展現遠在太陽系之外
璨曜運行的星子

時辰到了
神祕客恭敬舉起音叉
凝望岩洞上方
稜鏡，重重折射
滿月光芒聚焦，灑落——
鐘面中央，一銀白閃耀金屬圓弧
神祕客，泛音唱誦起

波斯禱文
音叉，輕輕劃過圓弧
細緻聲響，與岩洞周遭
聖徒雕像手握音叉彼此共鳴
整個岩洞，瞬間震動起來！

嗡——嗡——嗡……

難以言喻，無邊無際——沁涼音頻迴盪著
透入心臟、全身……幾乎觸手可及！

疲憊多疑的理智瞬間瓦解
種種僵硬、混亂與糾結
淨化

復歸為
洞澈萬有本質的
寧靜深沉

遙想
遠古神祕工匠
身兼苦行僧與震波數學家
集結岩洞，以超越視角
冥思，測度
宇宙意識精準律則
草葉、山河、礦石、星子與銀河……
將律則歸納
以頻率與數，賦形

鏤刻鍛造，置入精密齒輪與軸承
企望引導人性，歷經
重重紊亂、苦難與罪惡
從野獸到聖人
邁向
寧靜超脫

最終
震波逐漸……消弭
於虛空

或如那凜然，威嚴神祇
永恆——兀立在
黃道十二宮

大日如來與神猴

——存在與虛無之辯證

神猴大鬧天宮，與大日如來對峙。雙方進行人我智慧之辯，如神猴勝出，將成為統御三界的宇宙之主。

神猴：

我，以永生不死之軀
身披金剛甲冑，揮舞定海神針
於宇宙時空，鑿出浩瀚蟲洞
彈指剎那！
穿越無盡驟變光流
飛繞過去與未來，見證
萬有生滅起伏的大智慧
足以讓我獲得
統御三界之權柄

如來：

你，或許見證了諸多宇宙生滅
但可曾探問自身，那渴望統御一切者？
穿越時空、飛躍宇宙盡頭
擁有永垂不朽之軀
又如何？

如來舉起手掌，張開須彌五指
指尖細密掌紋，幻化為
無限繁複多重宇宙時間線

如來：

你所飛繞的過去未來
始終盤旋逡巡，在我掌中

神猴：

揚棄那業已重複的老調，與平庸說教！
遠不如威廉・布雷克信仰靈視所見
永恆歡舞，奇詭仙靈惡魔
不羈綻放萬鈞之力與美
與柯勒律治，於狂迷夢中
悠游於燦幻、縹緲的上都仙宮

如來：

那蠱惑人心的酒鬼、瘋人？
將雪山光暈，誤認為
布羅肯幽靈示現靈啟？
編織種種非理性神話
終生沉湎於抑鬱、妄想與自負

竟企盼融合，萬有矛盾
冶煉
真理之詩？

洞澈物與心的真理
洞澈萬有皆空
摧破自我，邁向寂滅解脫
乃眾生應走
絕對——最終的道

神猴：

遲早，人類將窮盡物質真理
奧本海默，那曾最趨近於
物質真理者

尚且終其一生，活於
悔恨與懊悔
而心靈真理呢？

誰能宣稱
心靈真理之絕對權威
那掌管輪迴的天平
業報的最終仲裁者？
當見證了
無限靈思閃耀
卻又轉瞬即逝的剎那？

柯勒律治失敗了，然而
內心靈光——依舊閃耀泉湧

當他凝望來世邊緣
仍舊幽默嘲諷自身
一無所懼，亢奮
躍入
死亡與未知

當威廉・布雷克道出：能量即喜悅
並以掌中沙照澈宇宙
他正沉湎於
神聖的癲狂，抑或是妄想？

神猴，於雷鳴電閃中狂亂揮舞定海神針
天崩地毀——得意咆哮道：
定海神針，亦源自於顛覆天地的妄想！

如來：

定海神針，神變之力無窮盡
人性潛伏之野性更大
猶如荒蕪迷亂、闇毒無邊叢林
而真理，至少真理的信念
足以庇蔭與約束
否則，瘋狂與滅亡
乃人性必然命運

神猴嘲諷笑了：

可敬的如來，您可曾洞澈
更遙遠的未來？

眼見神猴冥頑不靈，如來皺眉，搖搖頭

手掌發出五元素光芒，幻化為重重巨山

如來：

看哪！冥頑不靈的猴子
這五行山，將壓制你
從永恆仙體，打落為肉體凡胎
於世間忍受種種苦難輪迴，直到
你澈悟，承認真理之重
並自願成為
真理的守護者

神猴：

倘若自我與萬有皆空
真與幻、永恆仙體與凡胎

又有何分野？
只要
我
存在
即扛著
人性的五行山

如來大喝：
　何為真理？

神猴：
　我，即真理
是信念與神話的中心
編織蜘蛛網的人，造謎者與解謎者

無人能解謎生命與死亡，除非親身經歷
違逆人性真實
再偉大的信念，終將
土崩瓦解

大日如來，打開
塵封已久的第三眼
洞澈未來，洞澈……
遙遠復遙遠，沉默許久之後：
神猴，你願意扛起
這座五行山嗎？

神猴：

你願意讓我統御三界
成為宇宙之主？

神猴狂笑，如來也笑了
神猴與如來，齊聲唱道：

我，既是大日如來，也是神猴
是萬有虛空背後
衍生的神話之夢，辯證之詩

我，宇宙之主！
無須任何庇蔭，扛起真實！
縱使真實荒蕪，未知且迷亂
又何如？

大鬧天宮，以狂傲不羈定海神針
擊碎——種種桎梏凍結！

扛起五行山
扛起，統御三界的責任
延續那源源不絕，對立辯證的遊戲
因真理如恆常泉湧無垠閃耀浩瀚激流
容納矛盾萬有，甚至幻象……

浩瀚的、沒有意義的浩瀚

我寫下的詩，沒有意義
就像隨興的塔羅遊戲

捫心自問
自我沒有意義
荷索步行，橫斷慕尼黑到巴黎
僅僅為一恩師女子禱告
他才不甩你的意義

尚盧・高達，高傲藐視死神
與所謂生命道德律
用小丑般滑稽的語調唱道：
讓老朽的空殼死去吧
因為活著，再無意義！

洞澈生死，蠻橫凝視
生命萬象的野蠻、無解與荒謬！
算計盈虧的大腦
名聲的追逐、政治惡鬥
種族併吞與戰火的荒謬
愛的飢渴，驅使我們飛奔朝向
孤獨、痛苦與狂喜，輪迴反覆的一切……

遠不如赫拉克利特擲骰子
與孩子嬉戲

火山迸發！
岩漿吞沒了闇毒濕熱的雨林

黝黑孤狼，嚎叫——
奔馳在狂風驟響的荒野
隨機、迅猛吞噬獵物

萬物創造、毀滅，運轉
從最細微的基本粒子、電磁
到吞噬萬有的黑洞
讓沒有意義的漩渦，越來越大

讓一切渺小，被無邊無際，沒有意義的浩瀚淹沒！

航向真理

以無比欣悅的心，航向真理！
讓更多失控的奇點，更多的混亂
更多的震撼降臨！

將人類蛻變成超人類
讓文明史重新改寫
讓所有神話欣然瓦解
讓更浩瀚的詩篇顯現
來自迸發的火山
極致孤寒的冰原
來自，對宇宙的不羈幻想

重回無知，玩轉宇宙法則
如遊戲般歸納以數

以最精妙的理論物理
無數次構建、摧破、修正
無限趨近於簡練、漂亮，完美解釋
宇宙萬有，起源與終結的公式

啟航吧！航向真理！
以赤裸雙足走遍世界
見證生命的狂暴之怒，力與美
探索極限，復歸想像的純粹……

艾爾・葛雷柯，畫中軀體拉長的聖者
默禱，在陰森莊嚴的中世紀
威廉・布雷克與夏娃裸體
歌頌畸形、歡舞的仙靈惡魔

雅各・波墨，於金屬反射之熾烈白光中
發現神啟！

佛陀依舊半閉雙眼，靜默微笑
凝視手中的金波羅花
尼采喃喃辯證著
與空氣中
鷹眼如炬的查拉圖斯特拉
拉馬那・馬哈希，目不轉睛
凝望聖炬山，緩緩消失
在永恆的夕陽餘暉中

啟航吧！航向無盡的飄泊之旅
埋葬虛偽，放棄未來的荒謬冀望

放棄縹緲的恐懼
放棄輪迴與來世
讓最終的疑惑消失
綻放！讓靈魂的核彈綻放！

成為浩瀚的——
航向真理！

純真的眼睛

凝望著妳
瞬間……
我進入了
深不可測的
宇宙

謊言
燃燒殆盡

湧現了
久違的
真實

妳呢？
妳看著我
也感受到同樣的
真實嗎？

還是
這一切只是我
自私的
妄想？

為何
我感受到
失落已久的
平靜？

這本詩集
是為妳而寫的
我，是如此的幼稚

什麼都不想
只想，永恆的
凝望著妳

國家圖書館出版品預行編目

拉馬努金之黑洞函數 = Ramanujan's function of black holes / 侯宗華著. -- 高雄市：黑科技電影工作室, 2024.05
面； 公分
ISBN 978-626-97359-1-4(平裝)

863.51　　113004625

拉馬努金之黑洞函數

作　　者／侯宗華
出版策劃／黑科技電影工作室
830025 高雄市鳳山區經武路8號三樓
電話：0973063380
製作銷售／秀威資訊科技股份有限公司
114 台北市內湖區瑞光路76巷69號2樓
電話：+886-2-2796-3638
傳真：+886-2-2796-1377
網路訂購／秀威書店：https://store.showwe.tw
博客來網路書店：https://www.books.com.tw
三民網路書店：https://www.m.sanmin.com.tw
讀冊生活：https://www.taaze.tw

出版日期／2024年5月
定　　價／300元